水仙

水仙雕刻造型

董帝伟　著

福建科学技术出版社

图书在版编目(CIP)数据

水仙雕刻造型/董帝伟著．—福州：福建科学技术出版社，2001.9(2003.1 重印)

ISBN 7-5335-1876-4

Ⅰ.水… Ⅱ.董… Ⅲ.水仙-观赏园艺 Ⅳ.S682.2

中国版本图书馆 CIP 数据核字(2001)第 048978 号

书　　名	水仙雕刻造型
作　　者	董帝伟
出版发行	福建科学技术出版社(福州市东水路 76 号，邮编 350001)
经　　销	各地新华书店
印　　刷	福建新华印刷厂
开　　本	889 毫米×1194 毫米　1/32
印　　张	4
字　　数	80 千字
版　　次	2001 年 9 月第 1 版
印　　次	2003 年 1 月第 3 次印刷
印　　数	8 001—12 000
书　　号	ISBN 7-5335-1876-4/S·235
定　　价	21.00 元

书中如有印装质量问题，可直接向本社调换

前　言

中国水仙淡装素雅，风韵独佳，历来赢得人们珍爱。不仅民间流传许多美丽的水仙传说，更有文人墨客为她挥毫泼墨题诗作画。“得水能仙天与奇，寒香寂寞动冰肌。仙风道骨今谁有，淡扫蛾眉簪一枝”，这是宋代诗人刘邦直对水仙风貌、品格、气质、神韵的妙笔赞叹。

而在当代，民间继承和发扬的水仙雕刻造型技艺，又为我国的“水仙文化”添上艳丽一笔。经能工巧匠的精心雕刻与培植，水仙成了形神意趣兼备的艺术造型，成为世界草本花艺中的奇葩，达到自然美与艺术美的融合，更加赢得人们的青睐。

我爱水仙可追溯到40年前，那时我还没有上学，岁末年初跟父辈到城里走亲戚，总能听到水仙的传说，见到盛开的水仙。仙姿花影，给我留有美好的印象。

后来恢复高考，我念了农艺，进了省直机关。那时，“人逢喜事精神爽”，爱花的人越来越多。一次偶然机会，朋友给我一箱水仙，告诉我如何雕养，我就试着雕刻培植。孩提时对水仙的美好印象，加上她那仙姿美色，深深地吸引着我。从此，我就离不开水仙，孜孜不倦地追求水仙造型这门艺术，追求着造型技艺的与众不同。每当岁末年初，即使公务再繁忙，我的业余时间也多给了她。家里的盆盆罐罐、冰箱阳台，除了水仙，还是水仙。几次公务出国考察，我都忘不了咨询一下当地的水仙栽培情况。

屈指一算，我钟情于水仙的雕刻造型已有20多年，从中获得很多乐趣，也有不少收获。这次应出版社之约，把这些年来笔者创作并自拍的部分水仙造型作品照片汇成集子。书中阐述了造型水仙的创作原理和一般要领，对典型作品作了典型点析，其中多项技艺首次“亮相”，想必对水仙造型爱好者会有所帮助。愿我们与水仙一道，共同把生活装扮得更美!

囿于仓促，拙著谬误之处，敬请读者不啬赐教。

董帝伟

2001.3.30 于榕城

目录

基础篇

造型篇

基础篇

水仙是石蒜科水仙属的草本花卉。全球有大几十种，花色也多种多样。中国水仙是多花水仙类的一种，有银台金盏(单瓣)和玉玲珑(复瓣)两个品系。中国水仙在闽、浙、沪、云、川等地均有栽培，尤以福建漳州、平潭生产的商品花头最负盛名。福建还立法确定水仙为省花。

中国水仙色美味香，姿态幽雅，可以盆栽，也可水养，并可雕琢培植成千姿百态的造型盆景，显现出独特的艺术魅力。民间还传说她能驱邪除秽，为人们带来吉祥。因此，每逢新春佳节，人们都想把她清供府上，为节日的家庭添春增色。

如果您也是水仙雕刻造型的青睐者，不妨按照以下方法备好工具、选好花头、精心雕刻、细心培植、大胆创作，相信定能如愿以偿。

雕刻工具

刀是水仙花雕刻造型的主要工具。根据各人的习惯和可能，可用普通小刀、木刻刀、医用刀或专用成套的水仙雕刻刀，也可用钢质好的钢片或小锯片磨成。无论什么样的刀具，均以锋利并便于操作、符合运刀习惯为首选。笔者在雕刻实践中长期使用的刀具是用普通的小钢锯片(厚度约1毫米)磨成的。如图一，AB和BC均为刀刃，经电动砂轮双面打磨后，用磨刀石研磨锋利。这种刀具一把即可，一把多用，各个刃口和钝处均可派上用场，雕刻各式各样的造型都很合适。尤其是解决了传统刀具的刀背过厚造成雕刻不便和创口不平等问题。因此，这种刀具运用自如后，雕刻的花头创口齐整平滑，不易腐烂。这种刀具当为首选。

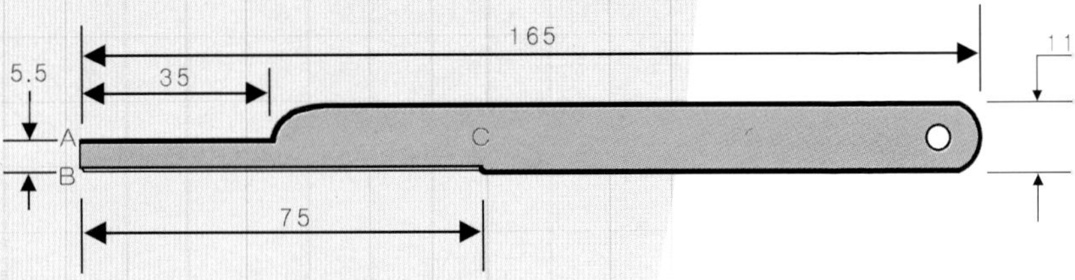

图一

另外，还应选备一些脱脂棉花、竹制牙签、大头针、合适的有机扣子、直径3～5毫米的空心塑料珠、绿色塑料包皮的细铁线(直径1毫米左右)，以及剪刀、偏嘴钳子等等（如图二）。

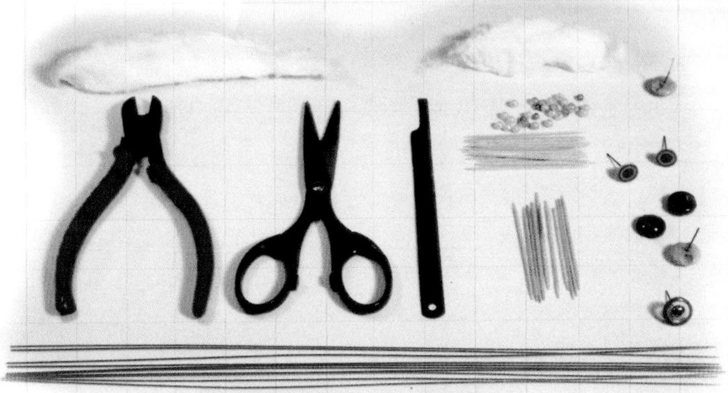

图二

花头选择

水仙花头(鳞茎)以硕实、扁圆、根盘大、外皮棕色内鳞片乳白色无疵点为上品。市场上销售的多为三年生或二年生的花头。一般来讲，个头大的花枝多，个头小的花枝少。选择什么样的花头，要看您的造型意图。制作花篮首选个大花多；培植“小金鱼”，只有一箭花也行；欲雕“茶壶”，母茎和小鳞茎须搭配得当；“并蒂鸳鸯”应有两个同向的小鳞茎；培植根须则挑根盘大而完整的……。清杂后的花头及其剖面如图三所示。

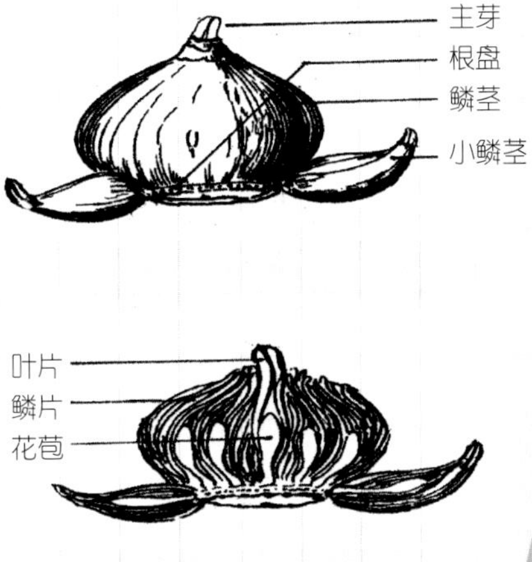

图三

雕刻方法

把花头上的田泥、枯根和棕色外皮清除干净后，就可进行雕刻。如果先浸水后雕刻，会使您操作起来感到不便。

造型水仙的创作原理，就是施以物理的方法，如创伤、挤压、固定等；也可结合化学措施，如植物生长调节剂的施用；同时做好光、温、水的促控，从而达到调节植株的高矮、长相、根系长短、花期先后等目的。这当中，最重要最基本的是雕刻。通过雕刻花头，创伤叶片、花柄(花茎)，使水仙生长失衡、卷曲、定向、矮化。创伤叶片、花柄运用不同的手法，则会有不同的效果。比如刮削叶缘，叶片就往创伤方向弯曲生长，创伤愈重弯曲度愈大，局部创伤局部弯曲；只创伤叶片的上端，则下部直立而顶部弯曲(钩形叶)；只创伤叶片的上端至叶片一半，则多会长成“鸡尾叶”；创伤叶片的上端至叶基部，则明显卷曲为“盘龙叶”。

不管哪一种造型，基本的雕刻方法都大同小异。因此，掌握几项基本雕法，您就可以举一反三，一通百通。

1.花篮基本雕刻法

请您手拿花头，按图四所标位置及其先后顺序，先用锋利的主刀口(BC)在离根盘近1厘米处与根盘平行(或略向花柄基部方向)横切一刀，深至不伤芽体，剥去鳞片(初学者为了保证不伤芽体，也可逐层横切、逐层剥去花头上部的鳞片)，直到可见黄绿色的叶芽为止；再以AB和BC刀口刮削芽体间隙的鳞片，使各个芽体裸露一半；之后，手拿花头的食指轻压叶芽顶端，使叶片与花苞、花柄略为分开，刀按叶缘方向，从芽顶到

近基部，每个叶片削去三分之一左右(这样，日后叶片生长失衡，低矮卷曲；削掉越多，卷曲越明显)；接着，轻轻刮削露出的花柄的部分表皮(初学者往往未刮及花柄近基部，可在一星期后再予补刮，否则花柄仍会长高)，也可用竹牙签纵刺花柄及其基部多下，深及3～5毫米，促其集结愈伤组织导致矮化；最后，把鳞片伤口修刮一遍，使之整齐平滑，否则伤口易烂。母茎两边的小鳞茎，多余的可以摘除，或用刮削母茎的方法进行雕刻，使之日后低矮卷曲，但需留有较大且左右对称的两个小鳞茎让其自然生长。

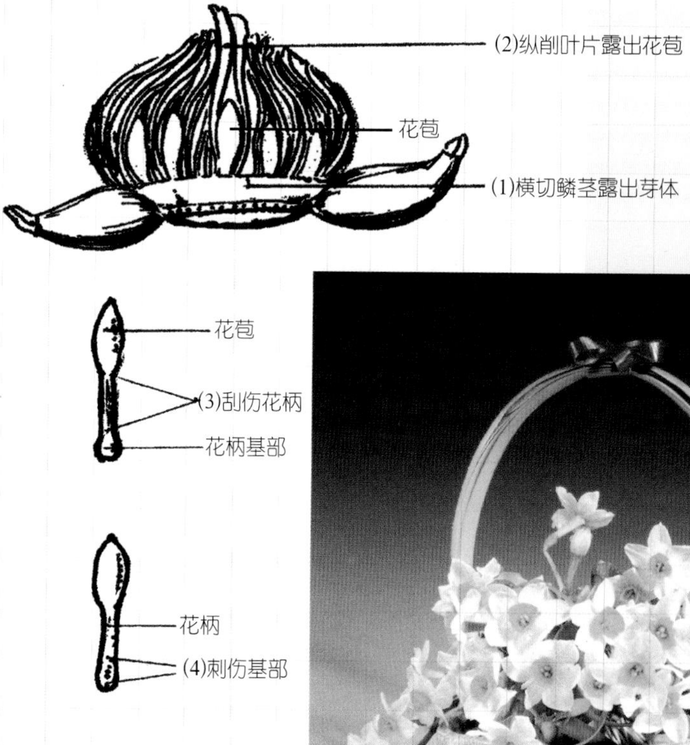

图四

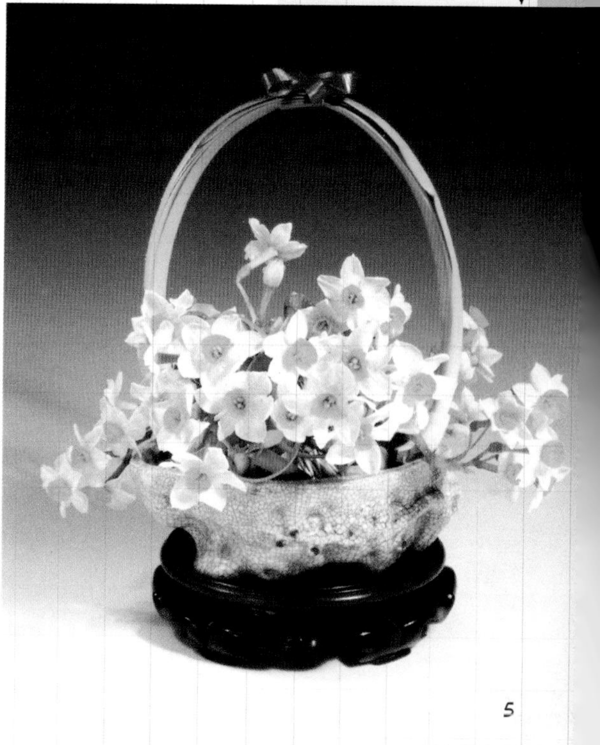

这样，始花时，即可将两个小鳞茎长出的叶子用您喜欢的色带结扎起来，并对母茎的花、叶位置略加整理，剪去长势差、高的和多余的叶子，突出花朵。花盆宜采用大小合适的圆形水仙盆或精巧的碟子。如果小鳞茎上也有花苞，开花时就更加雅致。

2.鸟类基本雕刻法

同花篮雕刻方法，如果只留一个(或同向的两个)小鳞茎让其自然生长，开花时还可以根据鸟的形态造型，把自然长高的叶片扎为头部，取一塑料珠子或小纽扣作“眼珠”固定于眼部，点缀眼神，造型出“碧波玉鹅”、“锦鸡啼鸣”、“鸳鸯嬉水”、“春江水暖”等等。其雕刻雏形和成品如图五所示。如果在雕削叶片时变换一下手法，多下点工夫，还可使鸟类造型更为多样。

图五

图五

倘若您还想有“凤凰”栖于府上，那也不难。雕刻母茎时，选择两个相邻的、确认有花的芽体不刻，留作自然生长的“凤尾”；并选留一个小鳞茎不雕刻，日后作“凤头”；其余的如前面的方法雕刻。这样，开花时略加整理造型，凤尾、凤身花朵盛开，逗人喜爱。如果花苞少，凤尾或凤身没花，那也无妨，照样可以塑造出理想的造型(见彩图“凤凰”部分)。

3.金鱼基本雕刻法

也许您的花头只有一个花苞，那也不必懊丧。同上法（鸟类雕刻法）雕刻，开花后略作整理：轻轻调整花柄位置，使花儿上翘成“鱼尾”，排列卷曲叶片成“鱼身”，略翘的小鳞片侧看似鱼头，如上法加个“眼珠”使之有神。这样，一条活生生的“小金鱼”就会使您不亦乐乎(见彩图“鱼”部分)。制作“金鱼”，也可把母茎的主芽或主次两芽留作金鱼的尾巴，并从反面刻掉其部分鳞片和芽苞片，露出芽体。这样，日后金鱼的尾巴不会翘得太高而是稍向后伸展，游姿将更加优美(创作流程如图六)。

图六

4.茶壶基本雕刻法

茶壶的雕刻技术要求较高，关键是雕好母茎。要尽可能完好地保留母茎内部1～3个花苞和外围2～3圈鳞片。雕刻时刀从母茎上端约四分之一处切入，剔除多余的花苞和鳞片，形成“中空”(参见剖面图)；再按常规办法修削叶片、刺伤花柄及其基部，使其日后花柄短小，花儿开在壶盖位置上(叶子太多可以剪掉)。雕刻后的花头及母茎的剖面如图七所示。

图七

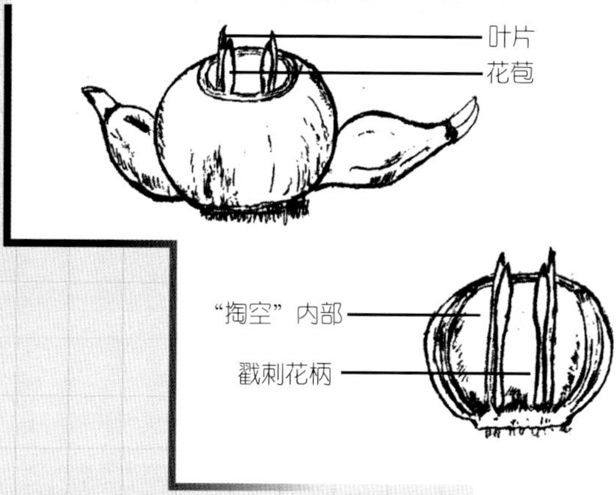

图中，预留的两个相对应的小鳞茎，始花时一个横切成壶的“流口”；另一个按其长势扎成“壶柄”，壶柄可高可矮，可长可短，可正扎也可反扎(见彩图“壶”部分)；选择合适的矮盆，配上一两个用小鳞茎切成的“小茶杯”，“茗香溢壶”的创作即告完成。

按照雕刻茶壶的方法，还可创作出桃李、葫芦等作品。

茶壶的制作也可不雕刻。笔者试验多年，效果颇佳(参见彩图“壶”部分)。主要采用物理固定方式并适时施用适量植物生长调节剂。如在根长出1厘米左右时施用多效唑(300 ~ 500毫克／升)，并用竹签从壶体侧面与花芽垂直穿过花柄固定，以达到花开于壶口的目的。

5.大象基本雕刻法

大象的雕刻，可按常规方法，即主鳞茎的雕刻同花篮，结合水养（“倒着养”），使花苞上卷到“象背”开花。这一雕刻法的缺点是只能单面观赏，如图八。

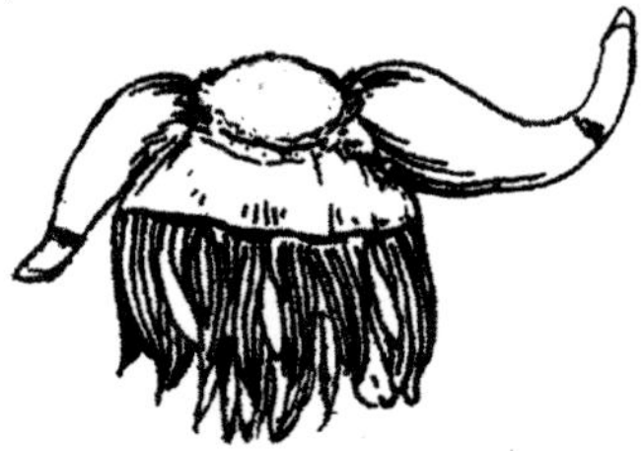

图八

还可按笔者的方法,选择带有三四个较大之小鳞茎(含有花苞的)的花头,从母茎的主芽上下刀,直通根盘的中心点,旋转挖成中空的直径为刀宽(1厘米)的“通道”,用于日后塞入棉花吸水到根盘。母茎内其他花苞和鳞片可以不刻,花芽长出后切除。也可从“大象臀部”位置细心雕刻,而使花朵开到根盘上。留作“象头”的小鳞茎让其自然生长。其他小鳞茎按常规方法雕刻。大象水养应如图“倒着养”。在花头始花时细雕“象头”外层鳞片,留下两个对应的“大耳朵”;取两个塑料珠,用剪短的大头针固定为“眼睛”;舍去其他小鳞茎遗留的小鳞片和多余叶片,突出“背部”上的花儿。采用此法雕刻造型的大象花期长且四面均可观赏。创作流程如图九所示。

图九

其他特殊造型的雕刻制作方法请参阅书中彩图说明。总之，只要您多多实践，熟能生巧，您就能雕琢出各式各样妙趣横生的造型来。

培植管理

当然，光会雕刻是不够的，还应掌握培植管理方法。否则，雕刻再好也有可能前功尽弃。

刻好的花头，先要切口向下浸没清水一两昼夜(茶壶造型浸水时间更长一些)，每隔半天清洗粘液并更换清水。浸除粘液杂质后，再用浸湿的棉花或棉纸轻敷根盘和伤口，露出叶芽和花苞，放在盆里水养。也可选用瓶、碟、碗、杯等作容器。

根据您的造型需要，在保证棉花能充分吸水到根部的情况下，花球既可“立着养”，即按常规根盘朝下正放，球尖朝上，如茶壶造型；也可“躺着养”，即主雕刻面朝上，未雕刻面或次雕刻面朝下，如金鱼和大部分鸟禽类造型；还可“倒着养”，即根盘朝上，球尖朝下，如大象造型；对于个别造型，甚至可以“趴着养”，即雕刻面朝下，未雕刻的一面朝上，如螃蟹造型。上述几种置养方法也可在同

一造型的不同水养时段交替变换，以期达到意想的造型效果。

刚刚水养的雕刻花头不可立即晒太阳，否则叶片、花苞都会脱水焦黄，而应置于避开直射阳光的通气之处，待几天后新根长出二三厘米，叶片由黄转绿，伤口基本愈合，才可搬到有阳光的地方培植。有些人养出的水仙开花时长势如蒜，叶黄花小，甚至花苞退化、萎缩，开不出花来，这种状况除雕刻不妥等因素造成的外，还多因开花前长期放在室内(高温)培植并缺乏阳光所致。室外培植阳光足，光合作用好，积累养分多，长势矮壮，叶色浓绿，可确保以后室内观赏花大味香。在整个培植期间，还可利用植物的趋光性，调节花叶的长相和位置。如金鱼造型，鱼尾朝南鱼头朝北，其尾巴就较为伸展，反之则翘得高高的。如果遇上低温(5℃以下)，也可夜间搬入室内，以防冻害。

水的管理，一般以保持根须有水为妥(必要时可对植株喷水保湿)，切忌花苞浸入水中。前期一两天换一次水，中后期四五天换一次水。雨水、井水、自来水均可用。

水仙花水养一般不必施肥。如果花头小而花苞较多且营养不良，也可到花店购点复合花肥，在花苞破口之前，按说明适量施入水中或叶面喷施。若觉麻烦也就作罢。

根的养护相当重要，不仅影响植株生长，也直接影响造型的观赏效果。一般的造型，要求根部保持有水不受冻害不至于干涸或烂根即可。而以观根为主的造型，则要求根须既粗又长又白，这就要掌握根的生态习性，创造根部避光透气湿润的小环境。管得好，根长可达50厘米，韵味无穷。可在花头雕刻浸水后选择疏松的沙质土进行盆栽，根部不要外露，盆高至少30厘米，盆土保持湿润透气，在充足光照下培植，始花时再以自来水冲去沙土洗净根须，换上高度相当的透明直杯水养即可观赏。

造型水仙培植适宜温度为5~20℃、相对湿度为90%左右；喜光照。假如气候正常，南方室外培植春节观赏的水仙花从雕刻到开花为24~30天。春节前开花的培植期长一些，元宵后开花的培植期短一些。为了确保按时开花，请您注意花头的长势，一般当花苞的苞皮变薄，能看清苞内花蕊时，两天即可破口(花苞裂开)。从雕刻之日到破口约需3个多星期，破口后5天左右即可始花，再过三四天便进入盛花期。据此，您就可以确定是否促控。开花可能推迟的，除白天晒太阳外，夜间还应搬入室内。也可采用电热升温、电灯照射增加光照等办法促使水仙开花。如果开花可能提早，那就把花昼夜放到北阳台上，也可在始花前后放入冰箱的冷藏柜内，温度控制在2~4℃，使之几乎停止生长，相差几天放几天(此法也可用于拉长花期和贮藏花头)。北方气温低、湿度小，要注意防止冻害；室内培植要将其放置于向阳玻璃窗旁吸收阳光；注意喷水保湿等。

愿君年年“仙花”盛开!

培植管理

壶

作品点析　壶的造型注重形似。选好花头，壶体天成。关键是雕好母茎的花柄，避免花开过高。

茗香溢壶

作品点析 将壶把的花枝扭弯固定于壶口，增多了花儿又不失雅观。

品茗大师

作品点析 有的花头小鳞茎多且有花，可像《玉壶春色》、《品茗大师》一样雕琢，充分利用。

玉壶生津

迎宾茶壶

龙壶飞花

茗壶秀色

清香溢远

作品点析 壶体内并无雕刻，而是穿插竹签并结合施药(多效唑300毫克/升)矮化，这样花高随意，壶体似玉。

作品点析 壶把的绿叶按“鸳鸯羽毛”的卷法亦可定型，甚为雅致。

疗烦解渴

作品点析 花茎雕刻偶尔失误而花枝过长，可用手工卷后固定以补救之。

银壶纳茶韵

金盏飘茗香

作品点析 细雕一圈圈，引出小芽苞作壶的流嘴，别具一格。

提梁壶

作品点析

新创的"提梁壶"系列打破常规，成型独到，使"壶"的选材更广，造型更多样，花苞利用率更高。

金盏提梁壶

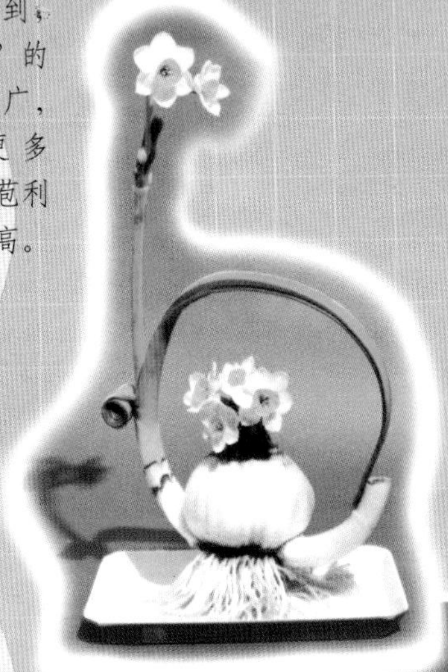

天葱提梁壶

千叶提梁壶

新月提梁壶

长嘴提梁壶

流花提梁壶

葫芦

作品点析

葫芦花头难得，平潭水仙常有，主茎依壶雕刻，根盘开花最优。

南江清酿

醉仙葫芦

作品点析 葫芦、桃李、壶等以鳞茎为观赏主体的造型，雕刻时应多留一层鳞片，始花时再予剥去，保证主体洁白如玉。

两岸同根

桃李

银须仙桃

蟠桃献寿

作品点析 按壶的雕法雕刻主鳞茎；若小鳞茎有花，也可去掉主鳞茎花叶。

桃李争春

仙桃祝寿

瑶池蟠桃

寿桃

寿果累累

作品点析
此花头丛生为5个大小相当的鳞茎，刻二留三，去三花叶，突出"仙果"，寿果累累。

花篮

喜庆花篮

作品点析 始花时施以整型，使花朵部分开出篮外，更显活泼；篮顶扎一彩带，喜庆气氛更浓。

玉案清幽

作品点析 造型水仙不应拼接，但应大胆取舍，舍得“割爱”。而剪下的花朵另插杯中亦可欣赏。

篮外飞花

池畔春光

凤凰

吉祥神鸟

作品点析 始花时对自然生长上翘的花叶近基部刮削四分之一，小心下压，可获下垂最长的花枝。

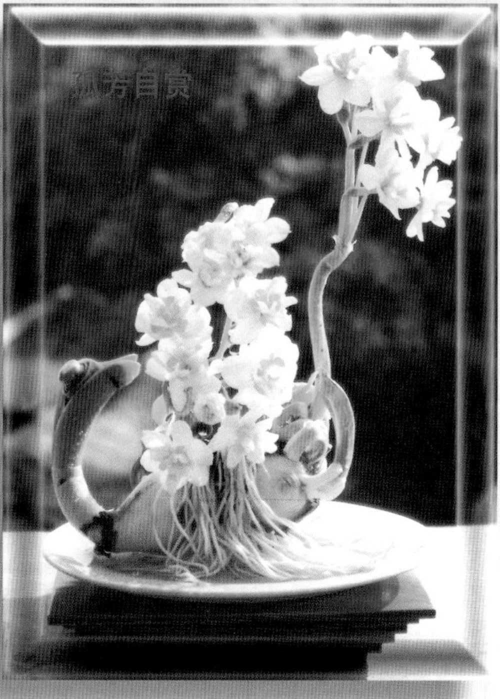
孤芳自赏

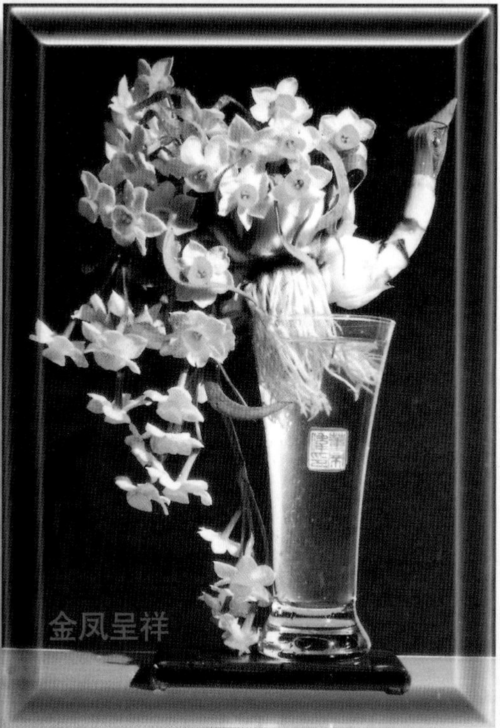
金凤呈祥

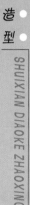

凤舞①

凤舞②

凤舞③

作品点析 凤凰的尾部应尽量长些，雕刻时可留1～3个相邻的芽苞不刻，让其自然生长。

凤舞④
凤舞⑤
凤舞⑥

孔雀

孔雀开屏①

作品点析 孔雀最美是开屏。因此，花多些最好。此作品用的是漳州水仙花头，共有14个花苞。

孔雀开屏②

孔雀开屏③

作品点析 “孔雀开屏”时花枝要高低错落有致，雕刻时对花柄刮削程度就应有所不同。

孔雀开屏④

孔雀开屏⑤

孔雀育雏①

孔雀育雏②

孔雀育雏③

金雀吉祥

作品点析 在始花时对花茎近基部刮削四分之一，小心下压，可使上翘的花枝下垂。

仙鹤

作品点析

造型时应抓住鹤的特点即腿颈长尾巴短。头部的扎法与鸡类似，但不必加冠。

松鹤延年

鹤鸣清谷

双鹤梳妆

鹬鸟

渔翁得利

鹬蚌相争

作品点析 选稍扁的鳞茎，如图切去中间的花芽苞和鳞片作蚌，夹住鹬鸟。

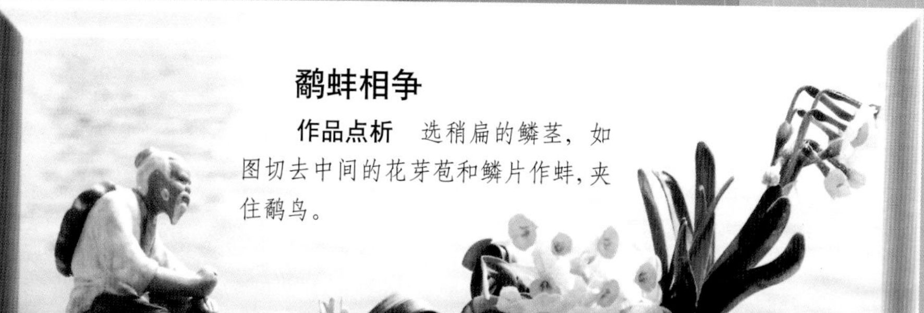

美餐

觅食

作品点析 鸟类造型的尾部有时可采用金鱼“反着刻”的办法，获得另种姿态。

天鹅

仙鹅梳妆

独舞南江

作品点析　鹅造型关键在头部，颈应长且曲直自如。可借助软硬适度的金属线插于颈内固定。

小憩

天鹅湖畔

育雏图

嬉春情侣

碧波玉鹅

作品点析 玉鹅悠闲自得，母子相随依依，游皱一池碧水，传递春的气息。

天鹅嬉水

双鹅凌空

曲项向天歌

凌波报春

作品点析 小鳞茎常有花苞，若觉得剪去可惜，亦可如图结扎。口衔金盏，另有一番情趣。

鸳鸯

鸳鸯嬉水

作品点析　鸳鸯像野鸭，造型不必相违，一花可雕两头，突出成双成对。

厮守鸳鸯

俩相依依

作品点析 鸳鸯嬉水，俩相依依，百年好合，形影不离。

情浓意绵

形影不离

百年好合

琴瑟和鸣

唱晓

作品点析 整型时剪去尾部花枝，突出头部；颈部(花枝)折而不断，隔日自然定型。

司晨

凝神

金喜鹊

作品点析

有时选用象形类水仙盆可以起到烘托主题的良好作用。

鹰击长空

鸬鹚渔歌

作品点析 此件难得。“水鸟”苍劲有力，口衔多花，恰似鸬鹚捕鱼，收获不小。

比翼双飞

莺歌燕舞

雁鸣南江

大象

南国印象

踏春归来

作品点析 大象雕刻浸洗后，应敷够棉花，根盘朝天“倒着养”。

玉象呈祥

洋洋得意

大象驮宝

玉象荣归

作品点析 小象似乎受到褒奖，披绿戴花翘鼻子……

万象更新

悠然自得

作品点析

始花后，造型头部很关键：耳朵是雕出来的，眼珠是安上去的。

版纳风情

玉象闲情

归心似箭

暹罗马戏

作品点析 好的作品应四面均可欣赏，按笔者的雕法(见文)则容易做到这一点。

驯象老手

恭贺新年

鸡

司晨将军

作品点析 鸡冠可用红色硬纸或塑料剪成并纵夹于头顶的叶片当中。

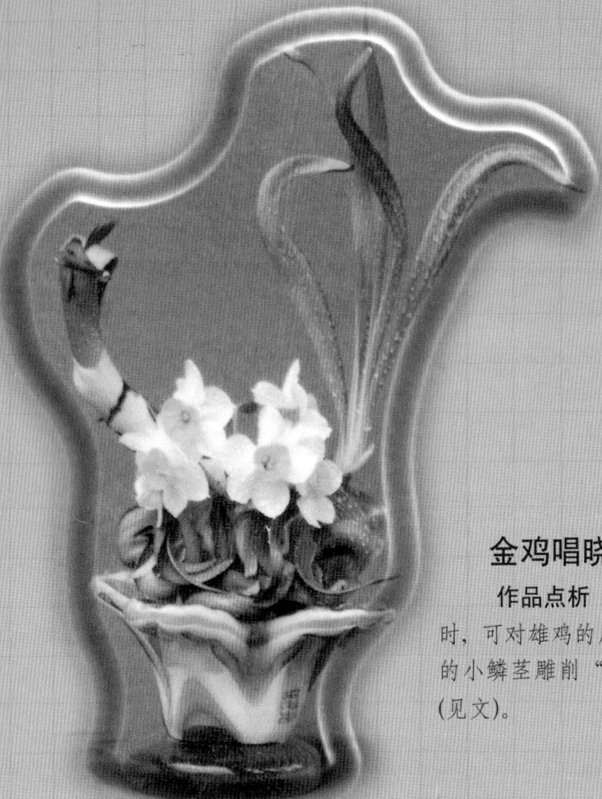

金鸡唱晓

作品点析　在雕刻时，可对雄鸡的尾部相应的小鳞茎雕削“鸡尾叶”(见文)。

锦鸡啼鸣

作品点析 花儿作锦鸡的尾部，更好体现作品的另一主题——争艳。

亭亭玉立

悄悄话

金鸡起舞

情窦初开

山鸡独舞

鸭

回眸

作品点析 鸭头部应如图将叶片卷实；用绿色包皮的铁线夹紧；剪去鸭嘴过长叶片。

春江水暖

作品点析 此作品获首届“中国水仙雕刻艺术大奖赛”最高奖；评价：“雕工精、配盆好，动感强、诗意浓”。

惬意

舞

鸭趣

月色春江

逗

作品点析 这对小鸭青梅竹马清纯可人，尚未开花却已逗人喜爱。

游

作品点析 母子仨出游春江，依依相随，母爱意境跃然图上。

争

盼

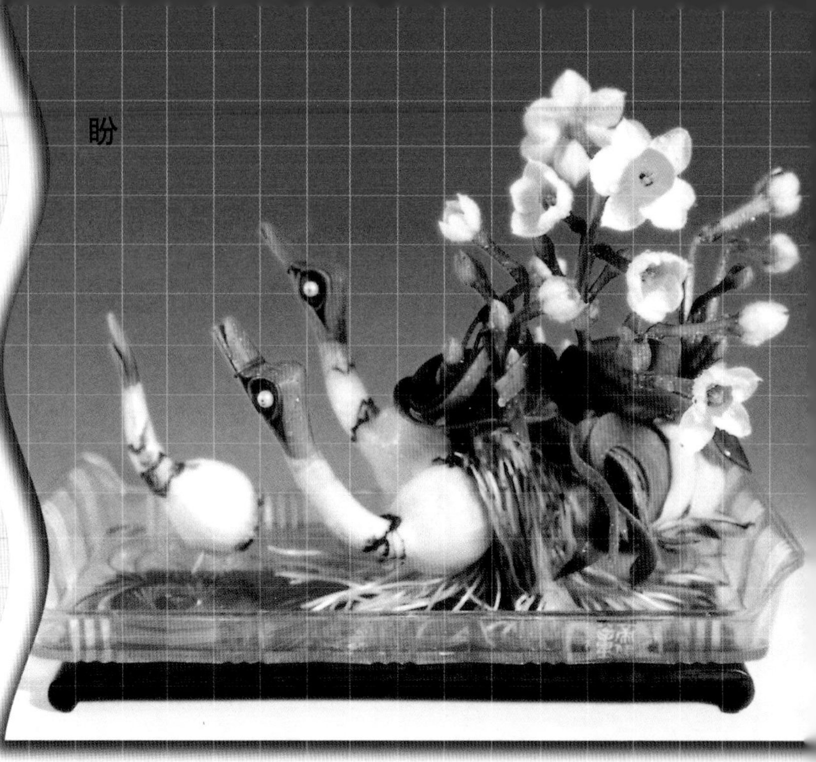

君子好逑

猪

八戒拜年

猪年好运

作品点析

猪的雕刻与大象没有两样，只是始花整型时切去长鼻子，即可变大象为猪。

蛟龙

双龙戏珠

腾云驾雾

作品点析 龙可抽象化，突出头尾。选两个花芽苞相背“反着刻”，刮削花柄上半部，“立着养”，始花时整理修剪即可。

蛟龙出海

鱼

鱼翔浅底

作品点析 鱼尾的弯曲增强了动感，活泼了画面。可按卷扎“鸟头”的方法，卷而不扎，隔日即可定型。

双鱼嬉春

泡泡出游

作品点析　金鱼有“大眼泡”品种。选择合适的花头，两个预留的小鳞茎雕作鱼眼，就有《泡泡出游》了。

愿者上钩

金鲤报春

双鱼漫游

金鱼戏水

年年有余

作品点析 小鲤鱼只有一枝花儿，稍有逊色。但作品突出了鱼尾，优美了游姿，韵味依然。

柔情似水

作品点析 利用多余小鳞茎作小金鱼，衬托主体，融情于景，情浓意绵。

觅

螃蟹

菊黄蟹肥

横行将军

作品点析 蟹身抽象化处理(常规雕刻)；留两个小鳞茎作蟹的“大脚”，长出的叶子作爪牙。

根

银须祝寿，
紫气东来。
寿比南山，
福如东海。
倒挂金钟，
清清白白。
君子之交，
悠哉悠哉。

银须祝寿

紫气东来

作品点析 根要长得长且直，可用长瓶水养，根部遮光并逐降水位以拉长根须(根尖应入水1~2厘米)。

寿比南山

清清白白

作品点析 根要长得长且白，可先用沙壤土盆栽，始花时冲水去土上瓶观赏。

倒挂金钟

君子之交

悠哉悠哉

对酒当歌

作品点析　选择有花的小鳞茎或造型时切下的花头局部，仍可创作出韵味十足的小品来。

霓裳曼舞

作品点析　刮伤部分叶脉表皮，可获如此曼舞效果。

金盏倒挂

玉台金杯

月色百叶

水仙美酒

一枝独秀

水仙传说

作品点析 在花乡，民间流传着许多优美动人的水仙传说……

月夜飞天

出水芙蓉

仙女下凡

并蒂宝莲

作品点析 此造型可采用先水养，始花时再依莲花瓣样雕刻鳞片，浸水除去粘液后即可上盆观赏。

作品点析　此作品主要是浸泡植物生长调节剂产生的矮化效果(多效唑400毫克／升)。

花香鸟语

凯旋

春曲

逸气凌空

风姿绰约

悬空争艳

明珠璀璨

作品点析 水仙，古时亦称雅蒜、天葱，雅称凌波仙子。

天葱

凌波仙子

仙人聚会

洛神赴会

奇石水仙

欣欣向荣

花海凌波

窈窕仙女

翠蔓婀娜

群星荟萃

蓬蓬勃勃

玲珑斗艳

迎春花俏

春色满园

金盏银台出玉盆

作者简介

董帝伟，1953年出生于泉州，学业农艺、中文。现在福州工作。水仙造型艺术造诣良深，雕刻技艺娴熟独到，刀具独创，不搞拼接；定型方式多样，造型千姿百态，意境清新隽永。作品多次应邀到荷兰、马来西亚、香港、北京等地展出并多获最高奖。在首届“中国水仙雕刻艺术大奖赛”上独得七个奖杯，被中国花协授予“中国水仙雕刻艺术师”称号。

水仙